句集

流光

舩津正昭

文學の森

序

船津正昭さんは、「北九州童謡・唱歌かたりべの会」で活動。その代表であり、「自鳴鐘」同人でもある天川悦子さん指導の「西小倉俳句会」で学ばれ、「自鳴鐘」に入会された。天川さんは女性校長としては魁的存在で、第二の人生を有意義に活動する方々が彼女の周りに集まっている。

船津さんはその中心的存在であった。初めてお目に掛かった時の、姿勢正しき紳士という印象、誠にあたたかくも凛とした姿。周囲が自然に敬意を払うであろうと推察された。

梵鐘の余韻波うち冬に入る

汗にじむ書架に溢るる教育書

落蟬の鳴き尽くしたる軽さかな
秋冷や宿場通りの細格子
烏賊の群れ生簀に透ける海の駅
春光や街へ落ちゆくケーブルカー

これら初期の作品にも、その姿が重なる。

春立つや眼すがしくいざ発てよ

その時期の「孫大学合格」との前書の一句を前にすると、昭和六年生まれ、終戦時十四歳という船津正昭という人の心の歴史が重なってくる。もう一歳年上ならば少年兵であったかもしれないという思い。戦後、復興の礎として教職を目指した思い……。以後の戦の無い日々が、愛しい孫の姿の上に去来したことでもあろう。
「吾子俳句」「孫俳句」は甘い、と言われる。しかし、このような一句を見ると、「俳句」をする喜びを寿ぎたくなる。俳句をしていなければ、この時の孫の姿も、作者のそれらの思いも刻されることが無かったかもしれない、と思うからである。

この句だけでは無く、ご家族のそれぞれへの句を多く遺しておられる。そこには正昭さんを囲むご家族の大切な時が永遠に記されていると言える。世界最短と言われるこの小さな詩形「俳句」が遺す大きなもの。そこに、この遺句集の有難さと大事さがある。

船津さんは着実に「俳句」で表現する楽しさを手に握り、平成二十四年に「自鳴鐘」同人となられた。「自鳴鐘」入会後

喜寿の春わが道をわが歩幅にて

と詠まれてから三年後の次の一句

傘寿の賀流光かさね秋の天

「喜寿」から「傘寿」の歳月に加わった句力の強さと風格を、心から嬉し

いこととした。

昭和史の真中を生きし夏の雲
校塔に余寒の月の光かな
携帯に花の万朶を閉じ込めり
料峭《りょうしょう》やぐぐっと括る古新聞
生涯に戻り道なし晩夏光

等、くっきりとした力を見せておられた中、その年に入院、手術を受けられたことは痛恨事であった。

入退院をされながら、平成二十六年二月九日の「自鳴鐘」新年俳句大会会場に見えられた。少し細くはなられていたが、ダンディーで姿勢よく、変らぬあたたかさと凛とした姿。「主宰に『同人』としてのご挨拶だけでも」と言われ、集合写真にも写られた。その時の確りと強い握手は忘れることは無い。その日から二週間余での逝去の報。瞑目しつつ、大切なことを教えて逝かれたのだと胸中に繰り返し思った。

　作品を辿れば、入退院の中で、奥様との日々を慈しみ、曾孫様の誕生を見届けられてもいる。句帳と歳時記を身辺にされていた八年という歳月。「俳句」というものと出会い、手放さずに作り続けたことにより、この歳月はきっかりと刻まれ、今私たちの前にある。嬉しく有難いことである。

　得難い「流光」を刻み続けた舩津正昭という人の姿。そのやさしく強い姿に頭を垂れている。

　共に俳句をされる奥様の手によって編まれたこの一集。そのお辛さを思い、ご気力に深甚の感謝を捧げたい。

合掌

平成二十六年　朔旦冬至の日に

寺井谷子

句集　流光／目次

装丁　クリエイティブ・コンセプト

句集　流光

竹の音

平成十九年〜二十年

山峡を揺さぶる滝の響きかな

日々草紅のこぼるる日暮かな

巌に彫る故郷讃歌草紅葉

竹の音の狭庭に沁みる月今宵

梵鐘の余韻波うち冬に入る

加湿器の青く光りて寒夜かな

喜寿迎え三代揃う福寿草

節分や己の鬼を先ず追えり

晩鐘の流るる空の日脚伸ぶ

吾子よりのメディカルチェアや春を呼ぶ

さげもんが古き館に春を呼ぶ

孫大学合格

春立つや眼すがしくいざ発てよ

来し方を大きく包む梅日和

北九州芸術祭入賞

喜寿の春わが道をわが歩幅にて

水郷を下る小舟に木の芽風

闇空に一閃走る春の雷

花杏一枝揺らし小鳥たつ
花万朶異国語とび交う神の庭

老幹に命のあかし松の芯

木の橋の木の音返す春夕べ

川底に砂けぶらせて蝌蚪動く

濃く淡く城に優しき若葉風

一雨に命かがやく花菖蒲

ベランダを新緑の風わたりゆく

空に咲き川に流れる花火かな

藍浴衣心くつろぐ旅の宿

蛍よぶ子らの唄声闇の中

万緑の遠嶺を染めて大落暉

汗にじむ書架に溢るる教育書

大舞台ソロを終わりて玉の汗

渓流の雫のこして山女焼く
ひと雨に新涼誘う夕べかな

朝顔に雫のこして雨上がる

秋空へ宇土の城垣仰け反れる

木犀の香り仄かに朝の風

霧深き大法堂へ階のぼる

合掌の郷に囃や秋まつり

白壁の続く宿場や柿熟るる

秋冷や宿場通りの細格子

秋天や渚ドライブ能登岬

薄日さし苔と紅葉の九年庵

喜寿の旅　日光東照宮・信州路　五句

後の月世界遺産の宮照らす

いろは坂つづら折なす夕紅葉

岩屏風野面走れる蔦紅葉

菊の香や燈明洩るる善光寺

枝撓《たわ》め林檎あまたの信州路

遠く来て今年も揃う冬の夜

木枯や生家のつるべ思い出す

大晦日網戸八枚煤洗う

訪中交歓讃歌

平成二十一年〜二十二年

受け取りし賀状の束の温かし
ひとときの遠嶺に寒の夕焼かな

侘助やぽとりと落ちてまたぽとり

背を正し昭和を歌う冬の夜

追い抜かれまた追い越され冬山路
冴え冴えと寒月白し通夜の道

立春の早朝搾りに盃重ね

源平の哀史を包む春の潮

合戦の満珠干珠に春の潮
主なき庭にほころぶ花杏

栄螺焼く香り漂う灘の潮

留学の孫　四句

春光や未来を信じ留学す

春立つやカナダ如何にと荷を造る
孫送るデッキに仰ぐ春の雲

旅立ちの幸せ祈る桜月

北九州芸術祭入賞

山桜昭和を語る弾薬庫

磯巻の烏帽子の如く波に揺れ
白虹の句碑を訪ねしつばくらめ

いとこ会来し方語る春の宿

新緑や少し広めの我が歩幅

高炉塔夏夜に炎ゆるモニュメント
烏賊の群れ生簀に透ける海の駅

茶どころの陽の匂いする新茶汲む

古刹へと小径彩る四葩かな

マネキンの腕《かいな》はずして更衣《ころもがえ》
朝空の風に乗りたる燕の子

青葉光講師のつとめ背を正し
薔薇園の香りも入れてシャッターす

宮参道右に左に江戸菖蒲
ひと筋に生きて君逝く夏の星

電線に雫が走る梅雨の朝
風はこぶ雨の匂いの夏至夕べ

黙禱や一分間の蟬しぐれ

夏料理平戸の海の広がりて

水をかけ墓碑に一言沙羅の花
覆われて葛の木となる真葛原

落蟬の鳴き尽くしたる軽さかな

退公連議事つつがなく天高し

ケアハウス歌を届けに赤とんぼ

中国語諳《そらん》ずる小径鰯雲

訪中の交歓讃歌秋高し
友好を讃歌で紡ぐ秋舞台

秋入日遠嶺の雲の茜して

少年にもどる思いや零余子飯

高炉塔街のシンボル鳥渡る

街道の苔むす史碑に紅葉散る

城垣の石しろじろと冬めける
紅葉散る風のゆく手に大手門

笹子鳴き石碑の漢詩読み解けり

河豚鍋に龍馬を熱く語る友人《とも》

雑炊や国飢える日の遥かなる

薬剤師の長女　三句

白衣つけ愛の投薬春を呼ぶ

薬学の道ひとすじに風光る

春光やテニスコートに金の風

北九州芸術祭入賞

春光や街へ落ちゆくケーブルカー

船笛のいくつも過ぎし春の潮

帰省子とゴルフの一日《ひとひ》揚雲雀

うつむきて明日開かんとシクラメン

春雨に草喰む牛の鼻光る

人参に跳ねる仔馬や牧の朝

行く春や町より米屋酒屋消ゆ

採血の注射器ふとき梅雨曇

初茄子のゆうらり伸びたる土の上

古き世の国境石に茅花風

どの指も優しくなりて実梅捥ぐ

ビル街へ騒めき広げ青嵐

神苑の雅楽沁み入る花菖蒲

癌検診終えて冷麦すすりけり

エンジニアの長男　四句

プロジェクト語るチーフの汗光る

海越えて常熟だより夏燕

白南風《しらはえ》の海見て遠き子を想う
外つ国の務め統べたり天高し

戸を繰れば風に流るる虫の声

葦平の「命十五首」終戦忌

葦平の細字の遺言秋思濃し

すずなりの柚子の明るき丘の家

傘寿の旅

平成二十三年〜二十四年

ふるさとの山河静かに年明くる

拍手に力入りたる初詣

箱根路を繋ぐたすきの冬厳し

「夢」という苗木の薔薇の花開く
「自鳴鐘」新年句会入賞

山頂の電波塔群雪に耐え

雨あがり枯木に光る玉真珠

春寒やルーペ片手に説明書

校塔に余寒の月の光かな

傘寿

庭つつじ紅におう傘寿の賀

未来には如何なる八十路月おぼろ

凜々と年輪かさね風光る

料《りょう》峭《しょう》やぐぐっと括る古新聞

若き日の過ぎし郷愁春銀河

春嵐地獄絵のごと地震《ない》津波

宣誓の「日本は一つ」草萌ゆる
さくら咲く鉄都一望白虹碑

合馬《おうま》路のひと山揺れる竹の秋
黄塵に白き夕日の沈みけり

首かしげまた離れ見て剪定す

携帯に花の万朶を閉じ込めり

変わりゆく鉄都を包む夕霞

藤房に風の集まる夕べかな

行く春や書籍の整理ひと日暮れ

信号機墨絵ぼかしに霾れり

半世紀教職の道花は葉に
教え子とその後語りて鱧料理

昭和史の真中を生きし夏の雲

大夕焼昭和の歌を歌い継ぐ

滝音の遠くなりしを振り返り

鱚《きす》釣の漢のみやげ朝の月

牛を撫で原発避難五月闇

妻に添い救急サイレン梅雨の雷

みちのくの子らに見せたき蛍とぶ

夏夕べ娘よりのワイン独り酌む

辛口のカレーの昼餉油照り

鉄都詠む碑を翻る夏つばめ

天帝に問うこの猛暑いつまでと

生涯に戻り道なし晩夏光

傘寿の賀流光かさね秋の天

傘寿の旅　大和路　十句

大和路を巡る傘寿の暮の秋

大銀杏大化の御代を今に継ぐ

椋鳥の声を間近に奈良ホテル

深秋の宇治の早瀬の天に鳴る
般若寺のコスモス明かり十万本

苔の寺薬師如来に萩の風

境内の砂利道歩せば秋の音

秋深き古墳の森の閑かなる
大和路の秋の七草道すがら

木の椅子にしばし身を置く照紅葉

朝搾り夕餉に香る新酒かな

供うれば亡父が微笑む新酒かな

日を経たる色に小枝の鵙の贄《にえ》

北九州芸術祭入賞

自然薯の大地の力摺りおろす

満月と対面しつつ我が家まで

天心に宴のあとの望の月

葬送のあとの木槿の白さかな

薄暮れて桜紅葉の散りいそぐ

孫よりの旅信短し暮の秋

三世代七個の盃や菊の酒

退院の妻との歩幅小春空

朝餉どき佳きことあるらし冬の虹

牧小春もの言いたげな仔山羊の眼

牧小春角まだ生えぬ仔牛跳ね

冬帰省話湧くごと夜もすがら

数え日のポストの口のあたたかし

逝きし友賀状の墨痕今も濃く

初春の珠玉の響きウィーン・フィル

初春や二胡の曲弾き戦馬《うま》駈ける

大寒や神馬の荒き息白し

通夜の道車窓に透ける雪明かり

春雪や轍《わだち》の跡より解け初むる

春蘭の花芽含みて力満つ

古民家を解きし余寒の太き梁

初音して天啓のごと句碑生るる

神苑に花明かりして三師の碑

朝ざくら師の詠む句碑の輝けり

夕映えのさざ波に浮く春の鴨

孫の就職　四句

卒業や決まりし職に襟正す

七転び八起き行く手に花開く

喜びの親子を包む早春賦

春の宿玄海づくしの祝膳

コンサート終えて労う春の宴

満開の花に溶けゆく人の声
生涯に節目幾たび春巡る

蝌《か》蚪《と》の紐解けて大群生まれけり

朝の窓開けて立夏の背を伸ばす

内視鏡医師の言葉や五月闇

神の手にゆだねし命青時雨

手術後の腹に重たき夏布団

病む吾に紅薔薇届く父の日よ

遠山に夏至の日射しの翳りたる
両足にかの力欲し夕焼雲

百合の香を部屋に残して見舞客

点滴の時を刻みて晩夏光

遠花火命を保つ管二本

遠ざかる昭和ひきよす南瓜汁

蜩や食後に苦き薬の数

蟬の日々法師へ時の移りおり

ゆっくりと開く初秋の新刊書

異国より息子の電話盆の月

深閑と北病棟の虫の闇

はらからの医師の見舞やつくつくし

新涼の窓に点滴落ちつづく

開腹の冷たき痛み月今宵

治癒を待つ色づく柿の二つ三つ

露けしや手首に幾多注射痕

秋冷や顆粒をこぼす舌の上

晩秋の夕日の匂う丘の家

ゆるやかに移りゆく雲鳥渡る

たっぷりの湯槽のうれし冬に入る

撓《たわわ》なる蜜柑夕日を照り返す

野外へと試歩の一歩や冬木の芽

言の葉に人の温もり冬の空

関門の幸大鍋に年おくる

春の雪

平成二十五年〜二十六年

流れゆく水の如くに年明くる

空に透く日の丸掲げ初御空

息災と云う日を胸に春を待つ

福祉バス支援ひろげて冬の虹

頼られて頼りて生きし小春雲

焼牡蠣の潮の香溢る豊の幸

ようやくに癒ゆる兆しや春隣

寒鴉いざ出陣という構え

遠嶺に茜色して日脚伸ぶ

北国の雪六メートルに絶句する

海峡に松明ゆらぎ和布刈る

病み抜きて謝念ふつふつ青き踏む

かざし拭く眼鏡のくもり梅香る

花万朶父母の遺影へ窓を開け

咲き急ぎ帰らぬ花に春惜しむ

予後の身の四肢定まらず春愁い

アベノミクスデフレ越ゆるか鳥曇

萌え出づる若葉の息吹身に纏う

初曾孫尚玖《なおき》と名のる武者人形

走り茶にアミノバイタル生命継ぐ

一病を力に変えて初夏に入る

大輪の二つの牡丹客を待つ

お互いを気遣うくらし新茶汲む

人声とともに蛍の闇動く

リハビリのベンチに一つ落し文

更衣足の先まで軽くなる

金縁の瞼光らせ青蛙

落雷の臓腑震わす宵の闇

花火師の空に広がる夢無限

鳴く蟬も木蔭にまわる暑さかな

遠き夏学徒兵なり血は燃ゆる
日々猛暑閲覧室に人あふる

ログハウス山気入りくる夏鶯

夏季研修講師のつとめ襟正す

子らと鱚釣りし遠き日海ひかる

手応えの軽くなりたる髪洗う

新涼へ地球漸く回りけり

明かり消し窓に名月入れにけり

竹の音に夜の風透く望の月

常若の式年遷宮秋気澄む

玉砂利の秋韻のこし遷御の儀

匂うまで研ぎし包丁秋の水

今捥ぎしカボスの香り亡父遠し

ログハウス前に後ろにバッタ跳ぶ

夕の膳松茸香る今日の幸

蔦紅葉明治の名残り鉄道橋

枯草に温み仄かや庭灯

賜わりし命謝しつつ賀状書く

街眠りはや山頂の冴ゆる月

書架に積む古き全集冬籠

河豚鍋の湯気の向こうに妻の顔

衿正し日の丸すがし初御空

長幼の序に従いて屠蘇を酌む

金墨の賀状の駿馬駈け巡る

一椀に野の香りして七草粥

雲光る山に移りて冬日落つ

熱々を食べよと妻の牡蠣フライ

河豚鍋や馬関の海の波の音

笹鳴きや「下山の思想」読み返す

過ぎて知るあの日の幸や春近し

寒梅や小さな命紅ほのか

薬効を頼みの日々の余寒かな

育てたる春蘭咲かせ帰郷待つ

北九州芸術祭入賞

手にとりて手の色となる春の雪

句集　流光

畢

跋　船津正昭先生を偲んで

二月二十六日の朝、奥様からの「昨夜、十一時五十五分に主人が亡くなりました」とのお知らせに呆然として、悲しみが全身を覆いました。その四日前の午前中お電話を差し上げたときは、お元気な声で「食欲も出たし、歌も歌えるよ」と言われたので安心したばかりでした。また、二月九日の「自鳴鐘」新年俳句大会には短時間ではありましたがお顔を出され、集合写真にも参加されました。「それなのに何故？　こんなに早く？」と残念でなりません。

船津先生との出会いは四十三年前、昭和四十六年四月一日、当時八幡駅二階にあった教育委員会指導部でした。指導主事に成り立ての私を、一年先輩の船津先生は何かと親切に教えて下さいました。その後、私が最後の校長を務めた北九州市立米町小学校（現・小倉中央小学校）に舩津先生も校長として赴任され、多大なご功績を残して退職されました。

平成元年に私が立ち上げた「北九州童謡・唱歌かたりべの会」には第一回目から参加して下さり、「小学唱歌児島高徳」を歌ったときの前奏に尺八を入れて下さったのです。その音色は、いまだに忘れられません。そして、男声合唱団「アンクル・ボイス」の代表として合唱団運営に力を注ぎ、定期演奏会を始め、数回に亘る大連公演にもソロ歌手として活躍されました。このように大きな力を持った先生を失ったことは私ども合唱団にとって大変な痛手でございます。

また、奥様が俳句をされていた関係か、ご自分も平成十九年から俳句を始められ、二十四年には現代俳句「自鳴鐘」の同人となられて、将来を嘱望されました。

神の手にゆだねし命青時雨

手術後の腹に重たき夏布団

など闘病生活の苦しみが伝わり胸を打ちます。そして今年二月号の最後の句が

河豚鍋の湯気の向こうに妻の顔

温かいご夫婦の様子が目に浮かびます。

公人としても私人としても精一杯生きられた船津先生、在りし日の明るい笑顔とすべてに百パーセント頑張られた姿を私どもはいつまでも忘れません。船津先生、お名残は尽きませんがお別れ致します。安らかにお眠り下さい。心よりご冥福をお祈り致します。さようなら。

平成二十六年二月二十七日

元・北九州市立米町小学校校長

北九州童謡・唱歌かたりべの会会長

天川悦子

編集後記

平成二十四年五月、亡夫は腸に異常が見つかり、北九州市立医療センターで手術・治療を受けました。四ヵ月後の退院以後は、体力回復へ精いっぱいの努力を重ねてきました。しかし病には勝てず、二十六年、再入院翌々日の二月二十五日、八十三歳の生涯を終えました。夫の没後、いまだに、どこからか声が聞こえて来そうな気持ちが抜けきれずにいます。

昭和史の激動期の最中を、ひたすら生き抜いた生涯だったように感じます。戦後の日本人は新生日本をめざして努力と汗の日々を過ごしていましたので、夫は復興の力になりたいと教職に就きました。それから三十九年後の平成二年、北九州市立米町小学校長を最後に定年退職の日を迎えることができました。その後も市立公民館館長、専門学校講師として、昭和・

平成の時代を学校・社会教育の向上発展のために尽くし、心満たされる歳月を送っておりました。その間、ご厚情いただきました皆様に感謝申し上げます。

第二の人生とも云われる退職後の生き甲斐を、夫は日本に残る素晴しい心の歌を語り継ぐことに求めました。団員からの誘いで「北九州童謡・唱歌かたりべの会」に約二十五年間在籍し、定期演奏会を始め、数回に亘る大連公演に訪中し、友好を深める機会にも恵まれ、素晴しい体験と思い出を数多く残すことができたと語っていた夫の姿が偲ばれます。

また、ゆとりを見つけては、日本の伝統ある俳句に触れる時間を見出し、平成十九年「西小倉俳句会」へ入会。ひきつづき二十年には俳句結社「自鳴鐘」へ入会。以来、いつの間にか生活の傍らに歳時記と俳句手帳がありました。歳月の移ろいと、そこに投影されている自分の生きざまを俳句に詠んだ夫のノートには、特に人生の終章にあたる日々の軌跡……最後の最後まで全力を尽くして人生を生き抜いた姿、その瞬間、その時間が、そのまま残っています。形見であり、墓標であるように感じます。この度、それらの俳句を遺句集として上梓するようおすすめを頂き、戸惑いもありましたが決心しました。

傘寿の賀流光かさね秋の天

句集名『流光』は、この句から採りました。歳月の移ろいと、人生の明暗という意味を含んでいます。

現代俳句協会副会長・俳誌「自鳴鐘」主宰の寺井谷子先生には、ご繁忙の中、身に余る序文を賜わり心より感謝と御礼を申し上げます。また、北九州俳句協会小倉北区会長・天川悦子先生には、創作の喜びにお導き下さり、その上心に沁みる跋文を頂戴し、厚く御礼申し上げます。多くの先輩、俳友の皆様にも励ましや力を与えていただきましたこと、感謝いたします。

なお出版に際し、「文學の森」の皆様には大変お世話になりました。有難うございました。

平成二十六年十二月

船津千代子

著者略歴

船津正昭（ふなつ・まさあき）

昭和６年　福岡県にて出生
平成19年「西小倉俳句会」へ入会
平成20年「自鳴鐘」へ入会
平成24年「自鳴鐘」同人
平成26年　83歳にて没

平成20、21、22、23、26年　北九州芸術祭俳句大会　入賞

北九州市教育委員会指導主事、北九州市立小学校校長歴任
全国珠算教育連盟学術顧問、北九州市立公民館館長
北九州市八幡東区選挙管理委員、北九州保育福祉専門学校講師
福岡県退職公務員連盟八幡支部会長
尺八　都山流大師範、北九州童謡・唱歌かたりべの会男性部代表

連絡先
〒805-0031
福岡県北九州市八幡東区槻田1丁目9-1　船津千代子

句集

流《りゅう》光《こう》

自鳴鐘叢書 第95輯
発　行　平成二十七年二月二十五日
著　者　船津正昭
発行者　大山基利
発行所　株式会社　文學の森
〒一六九-〇〇七五
東京都新宿区高田馬場二-一-二　田島ビル八階
tel 03-5292-9188　fax 03-5292-9199
e-mail　mori@bungak.com
ホームページ　http://www.bungak.com
印刷・製本　竹田　登

ISBN978-4-86438-400-1　C0092